이희정 제10시집

해바라기씨

이희정 제10시집

해바라기씨

한누리미디어

엄마가 보고파서 울 때마다
나의 시들이 뎁혀지는 것을 느낀다
음계를 단 나의 노래들도
그 너머의 세계로 달려가고
엄마 생전에 바쳐야 할 나의 10시집
수미단 위에 올려진다
이제 휴식을 얻은 것 같다

차례

제1부 구석에서도 별이 뜨고 지더라

제2부 칠월 하순에는 연꽃이 피고 연밥이 생기더라

차례

제3부 시가 애인이다

제4부 모질게도 풍문이 된다

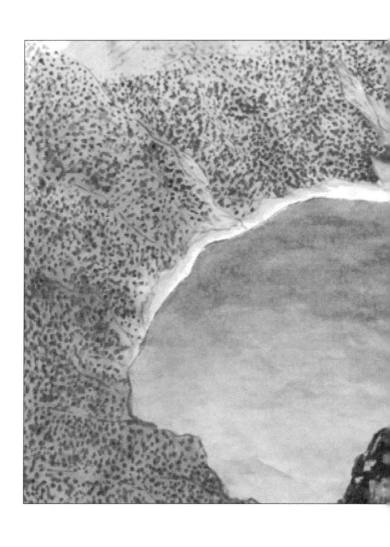

제 **1** 부

구석에서도 별이

뜨고 지더라

달빛

바람이 분다
생계의 현수막이 흔들린다

세상이 아프고

나도 아프다

다행인 것은 어젯밤 달빛이
내 어깨를 토닥여준 것이다
육순 너머 내 고갯길이
금지옥엽 달빛이다

여름새 한 마리 내다보인다

울음 대신 머금을 수 있는 것을
가끔씩 생각해 보았다
무엇으로 삶을 바꿀 수 있냐고
물어오면
나는 단호히 없다고 말할 것이다
집 앞 늙은 호두나무 가지에
날개 한 죽지 털고 있는
여름새 한 마리 내다본다
아무도 닿지 않는 곳에 걸터앉아
참 아름다운 목청을 건네고 있다
화들짝 날아가 버리지 않는 귀에 대고
안녕
고맙다
감사하다
니 울음을 사랑한다고
말 건네 보는
칠월 한낮

시인의 주소에는 오리나무 문패가 딱이다

아무것 묻지 않아도
시인의 주소에는
오리나무 문패가 딱이다
맘 줄 것 없던 그 언덕에다가
곱디고운 집 한 채 지어놓고
초록빛 벤치 하나 앉혀놓으면
산새도 오고
바람도 다녀갈 것 같아서
언젠가 벼룩시장에서 구한 오리나무 판자에
아버지가 지어주신 이름을 새겨서
기다리고 있다
3번지가 될까?
5번지가 될까?

섬비

나,
다리,
토끼, 세 개의 단어를 주면서
문장을 만들라 했더니
"토끼모양 열쇠고리를 좋아하는 우리 엄마는
나의 든든한 다리"라고 지었다
이쁜 내 새끼

요양원 근무 6년

사람이 사는 거처를 옮기고 나이가 들면
연분홍 연정이 없어질 것 같아도
103살 순금이 할머니는
베개 밑에 거울 숨겼다가
머리 쓸며 멋 내기하신 것 들키고
얼굴 붉어지셨다
할머니 안아드리고 소원을 여쭤봤더니
오래오래 더 살고 싶다고
서툰 글자 쓰시던 순금이 할머니

온몸 가려운 피부병 앓으면서
유정천리 노래를 입에 달고 사시는
땅콩장사 해남 할아버지

판사 아들 만들어놓고
좋아하시던 태규 할머니는
이틀마다 신장 투석하면서도
며느리 칭찬에 입 마를 날 없으시다

가엽고도 착한 돌봄 어르신들
지금은 이 세상에 없다

구석에서도 별이 뜨고 지더라

별은
지상에서도
고운 광채를 내고 있더라
오래 된 나의 고요가
커다란 나무에 기대어 울 때처럼
이파리들 흔들리는 이파리소리가 나고
서역기행에서 만난
말발굽소리도 나더라
내가 바라보는 별들은
곱고 고와서
후미진 구석에서도 뜨고 지더라
언젠가 서역기행에서 만난 별 하나도
지상의 소리들 속에서
높고도 낮게 붐비고 있더라

서대를 좋아하셨던 외할머니

슬픔과 외롬이 모이면
한평생 외동딸 곁에서 사신
꼬부랑 우리 외할머니
눈물 흘리며 살아야 하셨지만
지금은 내 눈물이 되어 흘러내리고 있다
먼 훗날 우리 외할머니 만날 날 기다리며
나도 쉼 없이 늙어가고 있다
할머니, 할머니, 우리 외할머니
우리 할머니는 비린 것 못 잡수시고
바다생선 서대를 좋아하셨다
할머니 맑은 生에 기대고 싶다

영관이

진실을 말하는데도
거짓말한다고 핀잔 주던 그 사람은
올 겨울에도
따뜻한 나라에 갔다
맘 붙일 곳 없는 방랑자처럼

쥐

찍찍찍
늘 부지런한 소리로
작은 발길 숨어 다니지만
세상 뒤바뀌니
고양이도 물고
방울뱀도 이겨 먹는다
내가 아는 이도 쥐띠고
내가 모르는 이도 쥐띠다
쥐는 아직도
아무도 모르게 천지사방 벽을 뚫기도 한다
기초수급자 어르신 집에서 보았다
날쌘 쥐 한 마리

Senior 할머니

골프치고 다니면서
얼굴 싹 뜯어고치고
삿대질해대는 할머니가 있다
색안경 벗은 장물아비 같았는데
할매요~
안간힘 쓴다고 젊어지는 게 아닙디다요
그저 베풀면서 나잇값 하는 것이
지치지 않는 인생이더라구요
청춘은 돌아오지 않더라도요

이희정산조

짐작하건대 태초에는
달빛 아래 한량이었을 것이다

그 옛날 백제 사람이
가야금 뜯고 노래하듯
음주 가무도 즐겼을 것이고
머물지 않는 구름 탓하며
풍류 또한 즐겼을 것이다
가끔씩
몸에 스미는 그리움 한 올씩 뽑아내며
일생을 누렸을 것이다

지상의 모든 사람들이
사는 것에 길들여지면서
막막한 길 걸어가야 하는데
백제 가야금 8현 대신
스물다섯 개의 목관악기 담보를 누르며
운명으로 살고 있으니
옛날이나 지금이나
육신의 해거름은 곱고 고왔을 것이다

캐나다 빅토리아에서

– 막내딸

니가 내 옆에 있으니
일단은 안심이구나
잠도 잘 자고
먹는 것도 잘 먹고
니가 내 옆에 있으니
일단은 안심이구나
우리 둘 발자국 닿는 곳마다
기쁨 아닌 것 없으니
하늘이 우리를 돌보고 계신가 보다
우리 둘 힘들 때마다
기도해 주는 사람들 있으니
우리의 인연이 하늘 끝에 닿았나 보구나
주신 복 다독이며 잘 살아 보자꾸나
어제는 넘실넘실 이국의 강물이
우리들의 희망 같았고
오늘은 편안한 잠자리가 평화로우니
너도
나도
그 뜻 주시는 대로 짚어 살면서
울지 말고
울지 말고 잘 살아 보자꾸나

해바라기씨

해바라기씨를 한 움큼 까먹는다
손톱에서 토도독 토도독 소리가 난다
내 손이 새의 부리가 되는구나
입 속에서 이리저리 터지며
목구멍을 타고 고소하게 넘어가니
내 정강이에서 푸른 꽃대가 올라오고
크고 동그란 꽃이 피는구나
희디흰 목덜미의 새 한 마리가
키드득 키드득 웃으며
내 울음 파내고 웃음을 채운다
해바라기씨가 다시 꽃이 된다
다섯 개의 음표가 해바라기씨 위에 앉는다
곱다
사랑스럽다

코로나바이러스19

클났다!
지구 곳곳에 사탄처럼 스며
온갖 근심을 송두리째 풀어놓는다
잘 생긴 사람들의 육신을
탐이라도 내듯이
알금알금 갉아먹다가
지옥 그 불구덩이에 데려가고 있으니
절대자의 탈을 쓴 집단의 횡포라면
하얀 연기 피어오르도록
처단을 해버리자!
온 나라가 시끄럽도록 몰려와
기세를 펴고 있으니
하늘 밖 기운까지 다 모으고
아픔의 눈동자를 치켜뜨고
퇴치해 버리자!
태초 직립의 보행 그리워서
탈이 날 때 있었던 것처럼
코로나바이러스 뒷모습에
근조등을 다는 날 있을 것이다

개굴개굴 개구리

나 어렸을 적 국민학교 다닐 때는
논에서 개구리가 많이도 울었다
광주교육대학 부속국민학교 가는 길
파란 벼 이삭들 옆으로 펼쳐진 논둑길에서
개구리는 개굴개굴 울어대고
나는 그 개구리소리 들으며
고동색 가방을 매고
학교로 달려갔던 기억이 난다

아버지 자전거 뒤에 타고
학교 가는 날이면
폴짝폴짝 신이 나서
개구리처럼 뛰어다녔던 기억도 난다
그 개구리는 지금
내 가슴 속 둠벙에서 우는데
아버지가 보고파서 개굴
엄마가 가여워서 개굴
그러다 보면 어느새 내 겨드랑이에
푸른 물갈퀴가 생긴다

낙타의 우물

하여간에 봄은
수많은 연두색 귀를 달고
나와 상호불가분의 관계가 된다
되풀이되는 내 노동의 일상들을 보며
저기 고비사막 마른 벌판에서
평생을 걷고 있는 낙타를 생각하며
나는 스스로
낙타의 우물이 되기로 했다

삼월의 날짜들

니가 나의 언약인 것 같아서
방문을 열었더니
온통 연한 초록이구나
귀먹고
눈멀었어도
따스한 것은 되풀이되고 있으니
봄을 아무리 놓아 버리려 해도
내 무릎 위에서 둥둥 북소리를 내는구나
푸른 전봇대가 세워지고
그 아래 식솔들 푸릇푸릇하니
급한 것부터 해치우려는 나의 심사가
여리디 여린 삼월의 날짜들이었구나

색소폰소리

노란 쇠로 만들어진 나팔을 불다 보면
해발 몇 천 미터 깊은 물 속
석회암 지층이 보이기도 하고
다섯 개의 지느러미를 달고
천지사방에 각도를 만드는
내 몸의 힘줄을 부풀리기도 한다

복식호흡 해대며 한참을 매달리다 보면
의심 투성이의 세상도 간결해지고
내가 쏟아내는 음계는
시가 되고, 노래가 되니
한나절 나팔소리는 아무래도
바라밀의 기세로 다스려지는가보다

제 2 부

칠월 하순에는 연꽃이
피고 연밥이 생기더라

칠월 하순에는 연꽃이 피고 연밥이 생기더라

연꽃이 다 지고나면
수렁에 몸 담그고
저리 오묘한 연밥을 다는구나
언젠가 덕진연못에 가서
우산 닮은 이파리랑
엄마의 속내 같은 꽃잎을 보고
연못 한 바퀴 돌아봤는데
향기가 너무나 은은해서
연꽃향수 만들면 좋겠다고
꽃들에게 말을 건넨 것 같다
그때가 칠월 하순쯤이었는데
내 숨결에도 그 꽃물 들어
나 지금 연꽃처럼 살고 있는데
내 속내에도 연밥이 생길 것 같아
팔 벌리고 서 있었다

철쭉꽃 오월

철쭉꽃 피고 지는 오월에 내다본
엄마의 아픈 세상이 애처롭기만 해서
눈물 뚝뚝 흘리고 있는데
부빈 살결로만 자식을 알아보는 엄마는
천지사방에 꽃 피는 것도 모르고
선한 눈동자만 굴리고 계신다
철쭉꽃 오월이 되니
엄마와 나 숨쉬기가 철쭉꽃을 닮는다

개구리 색소폰

비가 내리는 날이면
논두렁에서 울던 개구리가
목울대를 남기고
어디론가 숨어버렸다
맨홀 뚜껑을 열어봐도 없고
버려진 항아리 속에도 없다
행적이 묘연해도
숨어버린 만큼의 기대치가 커진다
드러나지 않는 불면들 속에서
개굴개굴 목청소리만 커지고
일곱 허파의 음계들은
개굴개굴 울기만 한다

나의 퇴적층

오랫동안 묻어둔 슬픔이
강물이 되는 날이다
깊은 물 속 퇴적층에 눈동자가 생길 때처럼
그 슬픔 생애로 와서
이렇게 풍류로 사는가 보다

내 맘의 퇴적층에는
해발의 숫자로 셈하기 어려운 넓이가 되어
가끔씩 떠밀려온 다른 생을 알아볼 때도 있다
아무래도 내 강물의 퇴적층에
각도가 생긴 모양이다

내 숨결의 번지수

명아주꽃이 피고요
프리지아 노란 꽃이 피는 봄날은
내 몸 한 귀퉁이에서도
푸릇푸릇 싹이 올라오고 있네요
이래서 좋고
저래서 좋은 봄날
계면조의 불빛이 내 육신의 어둠을 몰아내고
높낮이의 층수를 늘리면서
못갖춘마디의 음계가
C장조의 고운 노래가 되네요
높은음자리표 둘러져 있는 음표들이
아무래도 내 숨결의 번지수 같네요

마가렛, 그대 이름

저기~ 저 아프리카 카날아섬에서
태어났다지요
한여름에 피는데 봄에 피어
이리 바람에 흔들리고 있네요
진실한 사랑이 꽃잎에 묻어
긴 세월 이렇게 비밀로 부대끼면서
아래 밑동이 나무처럼 두꺼워지고 있으니
기다림과 아픔이 시간이 지나면
굳은살 육신이 되는가 보네요
한참을 눈 맞추고 있으니
나무쑥갓이라고도 부른다고
말 건네 오네요

이모티콘의 미학

지극히 사실적인 묘사들이
PC에 돌아다닌다
삶의 허당을 위해
따스한 이모티콘 하나 보내주고 싶다
부재의 목마름으로 흐느끼고 있는 이의 침상에도
소식 같은 이모티콘 하나 띄워주고 싶은 날

나만의 이모티콘을 띄우고 싶다
지구의 기울기가 23.5도라고 배우던
어린 시절에게도
예쁘고 발랄한 이모티콘 하나 띄우고 싶다

미소

먼 석가족 연꽃 한 송이가
문득 떠오르는 한낮이다
부처의 손에 든 연꽃 한 송이를 보고
제자 가섭이 알아차렸다는 以心傳心은
말이나 책에 의지하지 않아도
맘이 통하는 것이려니
잘났거나 못났거나
서로 미소 띄우며 산다는 것은
참 은혜로운 일이다

엄마의 개꽃

지금은 만신창이로 누워계신 엄마가
몇 년 전 봄에
나와 함께 무등산 산자락을 오르면서
곱게 피어 있는 진달래꽃을 보고
"엄마, 진달래꽃 예쁘제" 했더니
"개꽃이여, 개꽃" 하시던 말
봄이면 늘 속이 에인다
해마다 진달래는 피어쌌는데
쇠침대에 누워계신 엄마가 생각나면
내 가슴에도 울컥울컥 개꽃이 핀다
희로애락의 얼굴빛 어딘가에 걸어두고
밤마다 꿈길로만 오는 엄마
오늘같이 진달래가 피는 날은
엄마가 무지무지 보고 싶다

유채꽃 안부

- 아들에게

너를 두고 부르는 노래라고 쓰면서
한 장의 안부를 쓴다

봄이어도 갈 수 없는
너 사는 제주도에는
지금쯤 유채꽃 흐드러지게 피어 있을 것이라고
내 안부를 바람에 실어 보낸다

미안해
보고 싶어
그리고 사랑해
엄마는 잘 살고 있단다

내 사랑의 보호막

내 사랑의 보호막은
천지사방에 펼쳐진
꽃이며, 나무며, 바람이며, 빛이며
긴 세월이다
봄볕 따사롭게 걷고 있으니
꼼지락거림의 신호들이
내 사랑의 보호막이 된다
하늘에서 비행기 소리가 들린다
그것도 내 사랑의 보호막이다

사면불 같다

세월이 내 몸을 통과할 때
뭉클한 찌꺼기들 보여주고 있는데
알면서도 모르는 척
꼼꼼하면서도 털털한 척했던
내 삶의 오지랖들이
오늘은 화색이 돌고 햇빛이 든다
뭉클한 그림자 하나 금색으로 변한다
사면불* 같다

*모든 공간에 부처가 존재한다는 뜻

내 육신의 음계

오선지에 그려 있는
길고 짧은 강약의 음표들이
하늘에서 쏟아진 별 같아서
온몸 들썩이며 흥얼거린다
글씨로 치면 흘림체 같기도 하고
들숨과 날숨의 노래 같기도 해서
숨을 쉬다가 창문을 열고 하늘을 봤더니
하늘에서도 고운 소리가 난다
연민이라는 내 육신의 음계는
사분의 삼 박자다

꽃수술이 내 몸에 있다

나의 내면에는
수만 개의 꽃수술이 있다
가늘고 길게 뻗은 곤충의 더듬이 대신
내 꽃수술은
사람들에게 노란 기쁨을 주기도 하고
붉은 향기를 나눠주기도 한다
그 서식의 더듬이가 미더워서
내 상처를 쓸어주고 다독거렸더니
내 속에서
푸른 꽃대 하나 올라온다

산괴불주머니

이름이 하도 수상해서
꽃잎의 옆구리를 들여다봤더니
삶의 팻말처럼
벌 나비 드나든 흔적이 있더라니
희디흰 광목천 같은 사랑을 했을까
봄의 그 노래는
산괴불주머니라는 수상한 이름이 되었더라니
앞서 가지도 말고
뒤처져 가지도 말고
다소곳한 사랑만 꿈꾸던
그 어느 날의 연가처럼
산괴불주머니 꼼지락거림의 노래는
내 몸 휘돌아 공중까지 날더라니

못 잊어 딸기

못 잊어 라고 쓰여진 딸기 한 상자 샀다
소쿠리에 담아서
물로 쫘악 씻은 다음에
예쁜 그릇에 담아놓고
아카시아 꿀 버무린 다음
하와이 갔을 때 사 온
파셀리가루 솔솔 뿌려서
배 깔고 편한 시식을 했다
딸기 박스에 쓰여진 못 잊어 글씨가 생각나서
내 사랑 하나 생각을 하니
못 잊어 라고 말 건네온다

내 하루가 저만치 면적을 넓힌다
세월이라는 것은
흐르면서도 맘속에 남겨둘 것은
왜 이리 잘 아는지
못 잊어 글씨 한 번 더 쳐다보니
딸기가 무채색이 된다

산목련, 그리고 파편

꽃수술이 붉은 꽃이
개목련이라는 또 다른 이름으로
봄 귀퉁이에 서 있다
짧은 이야기 묻어 있는 산비탈에
고적감이 스밀 때는
산의 숨결 더듬어
스스로의 날짜를 세기도 한다

못갖춘마디의 음표처럼
잠시 멈춘 호흡의 이랑에는
편지 같은 꽃잎이 벙글고
불면 없는 광합성작용을 따라
흰 꽃잎을 피우기도 했지만

어느 날
파편 조각 하나가 날아와서
꽃잎의 눈동자가 찔렸다
물관부에서 신음소리가 난다
윽!

부르던 그 노래

꽃은 여기저기 피워쌌는데
세월보다 허술했던
당신 속은 어떠신지요
하수상한 시절 탓으로 돌려 버리기엔
천지사방이 너무 고요해서
내 속 들여다보니
16분음표 하나가
높은 소리를 내고 있네요
감출 수 없는 우리들의 노래
탓하지도 못하고 또 부르니
서툰 맹세의 언약이
변명도 없이 아픈 노래가 되네요

제 3 부

시가 애인이다

꽃의 심장

두근거리며 핀 목련 한 송이를
손을 뻗어 감싸보고
얼굴 대봤더니
심장 뛰는 소리가 난다
요즘 내 심장은 빠르게 뛰고 있는데
꽃의 심장을 만져보니
느릿느릿 천천히 뛰고 있다
꽃순 맺어 필 때까지 삶이 순탄했나 보다
내 심장은 빠르게 뛰고 있으니
뭔 일 있었나 보다

작년 것

작년 것 낙엽 쌓인 야산을 오르다가
낙엽들 흔적으로 남아서
바스락거림이 애처로워서
궁금한 그 뒤를 캐보기로 했다

손 쓰리고 가슴 쓰린
내 시집들 몇 권 보이고
사시사철 내 옷가지랑
무겁고 노란 내 악기들이랑
이것저것 모두 합쳐 봐도
푸성귀보다 가볍다

바람이 묻어 있고
발자국 소리도 묻어 있고
스쳤던 인연의 뒷자락도 묻어 있고
이것저것 거절하지 못한 것도 묻어 있고
어디서 오는 바스락거림의 기별이라 싶어
한참을 들여다보고 서 있었더니
작년 것이다

황매화 키우기

찬바람에 너를 잃어버린 지
꽤 되었지?
장물아비에게 넘긴 것도 아닌데
내 몸에 수심 차느라 돌보지 못한
너의 죽음에 대고
이 밤 거수경례를 하고 나니
나의 나르시시즘이 면적을 넓히고 있구나
오늘은 꽃시장 가서
다른 꽃들은 눈에 심고
황매화 묘목 안고 왔더니
서로의 몸이 소리를 내고 있구나
그나저나 이제
시 쓰듯 너를 돌보면 되겠다

꽃의 얼굴

꽃의 얼굴 만져 보았다
달큰하면서도 연하다
물관부가 엉키지 않았다는 것은
바깥 세상에 굴하지 않는 고독감이었을 것이고
낮이 가고 밤이 올 때는
발자국 소리 세다가 잠든
아픈 기억들이었을 것이다
자꾸만 소리가 난다
곱디고운 소리다

시가 애인이다

생을 거듭하면서 만나는 사람은
잊어버리고 사는 것이 젤이다
인간의 사랑은 배반도 주고
피 흘리는 상처도 주기도 하지만
내가 쓰는 나의 시는
나를 꼬옥 안아준다
칸칸 다 메꾸는 편지를 쓰게도 않고
죽을 때까지 나를 보호해 준다는
그 언약도 살이 되어
서로를 끈끈히 바라본다
그래
그래 너는
아무 조건도 없이 나를 사랑해주는구나

옛사랑의 그림자

달빛이다
그믐밤이다
떨어지는 꽃잎이다
빗줄기에 지워지는 사모하는 맘이다
부활하지 못한 것은
서로의 언약 지워져서
모진 기억으로 남는 것이다
옛사랑의 그림자로 욱신거리는 것이다

세월호 아이들에게

세상의 어미들은 길게도 울었었지
그 시퍼런 물에 어린 심장을 담그고
무섭고 무서웠을 내 아이들아
너희들 가고 없어도
세월은 이렇게 흐르고 있구나
미안해
사랑해
용서해
너희들이 걱정할까 봐
울음은 뚝 그칠게
살고 있는 그곳의 봄은 어떠니
꽃도 피고 새도 울고 그러겠지
잘 살고 있거라
먼 훗날 다시 만날 때까지

나의 라임오렌지나무

힘줄 속에 있는 것들 붉거지니
오렌지 빛 열매가 된다
잠들기 전 몸살이던 내 뼈가
아침이 되면 말짱해지는 것도
이와 같은 현상이려니
잠시 머뭇거리던 내 生 위에
사다리 하나를 걸친다
"왜 아이들은 철이 들어야만 하나요?"
나의 라임오렌지나무 내용이다

열일곱 개의 구슬을 남기고

- 웅이

밤새 신열을 앓던 웅이*는
어젯밤부터 가쁜 숨 몰아쉬더니
가족들 울음을 뒤로
하늘로 갔다
작은 육신에 간절한 뼈가 드러나고
이십여 분의 불길 속에서
열일곱 개의 작은 구슬이 되어 나왔다
몸의 탁본이다
하현달 닮은 쪽은 누른 빛이고
샛별 닮은 쪽은 더 누른 빛이었다
간절한 것들은 두근거려서
이토록 서로를 붐빈다

*웅이: 15년 함께 산 말티즈 이름

작은 관 하나

일산 문봉동에 가면
작은 시신 담는 관이 있다
저승불 탈 때
몸 하나 타는 것보다는
나무관이랑 함께 탄다고 생각하니
내 가난과 함께 눈물샘이 뜨겁게 쑤신다
동고동락 어린 생명 나의 개야
붉은 불길 바라보다가
내 삶의 끝 들여다본다
상처로 얼룩진 내 관 하나 짜서
쾅쾅 못질해 버리고 나니
이승의 뭔가가 홀가분하다

연기 나는 굴뚝 밑에서는
봄꽃들 다투어 피는 소리가 들리고
마지막 꼬리 흔들며
무지개다리 건너가는
작은 관 하나

잠수 이별

소리도 없고
냄새도 없고
흔적도 없는 그 모진 것이
이렇게 예고도 없이 와 버리면
나는 어째야 하니
언젠가 내가 사장이었을 때
알바추노 그 머슴아처럼

오월의 편지

첨부터 끝까지
따뜻한 노래 같지만
푸른 물이 드는 날짜들이
언약 없이 써내려간 편지 같아서
오월 속 가만히 들여다보니
점점 짙어지는 희망들이
옹기종기 모여 있다
쉼표도 없이 한참을 써내려가다가
한 대목에서 탈이 난다
그냥 용서해 주기로 했다

"너는 아직
나이가 어려서 그래"

갯골

바람이 살고
꽃들이 살고
내 육신의 델리케이트한 것들이 살고 있는
한적한 그 마을에는
뾰족구두 신고 발가락이 아팠어도
몰래 몰래 길이 되었던 내 젊은 날이
모과꽃 향기처럼 지금도 살고 있다

산동백을 만나다

산에 가서 산동백을 만났다
외지에서 온 사람이
이름을 가르쳐 주었다
내 이름자 위에
전주이씨 양녕대군파 성씨가 붙여진 것처럼
산자락에 서 있는 산동백이
하늘 흐리고 빗줄기 퍼붓는 날에도
내 눈 속 이름이 된다
만남이 호젓해서
그 모습 가슴에 품어보는
양평군 옥천면 391번지

지나가는 비

하늘에서 내리는 비는
지상에 내려
동그라미가 되기도 한다
모진 것 많은 세상
둥글둥글 살라는 신호 같아서
마음의 근심 저미며
하늘 한 번 더 쳐다보니
저 멀리서 나만 아는 기척을 보내신다

쑥부쟁이 둘레

노오란 꽃잎을 달고
평화롭게 모여 있는
높고 낮음의 자잘한 언약들
비밀 같은 빗장이 풀려야 하는 내 심사도
스스로 환해지는 태생이었으니
가만히 들여다보며 눈 맞추는 한낮
쑥부쟁이 둘레가 온통 들판이 되더니
별이 뜨고
달이 지기도 하더라

찔레꽃이 피면

남몰래 가져간 내 사상을
가슴에 꼬옥 간직하고 사는 사람이
많이 보고 싶어지는 오월
찔레꽃 향기 죽도록 아려서
까치발 들고 내 맘 속 들어가 보면
옛 사랑 하나 하얀 불을 밝히고 있다
내 청춘의 몸짓은
알싸하고 아련해서
내 입술 가만히 대보았더니
이제는 내 사랑도 농익어서
타박타박 소리를 낸다

크레용, 그리고 크레파스

엄지와 집게 가운데 손가락 사이에
꼬옥 쥐고
다섯 손가락을 둥글게 감싸야
그림이 그려지는 크레파스가
손에 묻지도 않는다고 쓰여 있기에
열두 색을 샀다
스치고 지나가는 생각 하나
엄마가 기억을 잃고 있을 때
색칠 공부하시라고 사드린 크레용이 생각나서
눈물 글썽인다
내 가슴에 묻은 크레용의 색깔들
손에 묻지 않으면
그리움도 없어질 것 같아
한참을 바라보다가
손에 묻은 크레용을 하나 더 사러갔다

원시의 역마살

이리 저리 떠돌며 사는 액운을
역마살이라 했다
농경사회가 시작되면서
사람들은 한 곳에 정착을 했지만
부지런히 움직여야 사는 지상에는
스스로 힘줄을 늘려야 하는 것이 많아
다리뼈의 근육에 붕대를 감지 않아도
한참은 지탱할 수 있었다
오늘도 지상에는 보폭의 획이 그어지고
꿈인 듯 생시인 듯 웃고 울면서
한참을 떠돌아다니는 숙명을
감지하고 살아야만 했다

고무장화

평택에 농사지으러 들어간 친구에게
고무장화 한 켤레 사주었다
내 뭉클한 가난도 함께 넣어 안겨주었으니
부지런한 발걸음 옮길 때마다
철푸덕거리는 소리가 날 것이야
어느 날 친구의 향기가 전해 왔다
상치, 쑥갓, 배추, 고추, 더덕…
나의 따뜻한 시식은
지금도 계속되고 있다

제 4 부

모질게도 풍문이 된다

애처로움의 시학

아침마다 내 창가에서 우는
새 한 마리 있다
바람에 뒤채이는 소리 같기도
호두나무 흔들리는 소리 같기도
옆집 어르신 아픈 소리 같기도
그 새는
오늘 아침에도
단풍나무 가지에 다리를 얹고
꾸르륵 꾸르륵 운다
봄,
여름,
가을,
목청을 뽑으며
꾸르륵 삐르륵 운다

꽃의 얼굴

무제의 시간을 보여주며
휘황한 꽃이 핀다
내 악기의 음색처럼
수많은 속내가 들끓다가
끝내는 벙글고 피었겠지만
수만 년 전부터 되풀이되었을
꽃들의 개화는
어느 날 나와 맞닥뜨리는
서로의 시선이고 몸빛이었으니
사는 것 틈새로 내다보이는
들숨과 날숨은
누가 뭐래도 전생의 목숨이고
거듭난 목숨이다

한여름 밤의 꿈

- 실연

셰익스피어처럼
한여름 밤의 꿈을 꾼다
낯을 가리는 자의 눈매가 멀어져 간다
자꾸만 내 체온이 내려가고 있다
손가락 빠른 내 자판이
더 빠르게 움직인다

늦게 발견한 현실을 따라
차마 하지 못한 내 말의 중심이
흔들리기 시작한다
이쪽에서 저쪽으로 떠돌다가
끝내 사라져 버릴 손톱 두꺼운 사람
어긋난 서로의 눈동자에 웅덩이가 생기고
여름 벌레들의 짧은 날갯짓 소리가 난다
한여름 밤의 꿈은 깨어나면 늘
등허리가 아프다

푸른 수국

혈관 속에 끈적거림의 피 흐르다가
꽃잎으로 피어난 것일 거야
나의 피도 끈적거림의 조짐이 있으니
훗날 푸른 꽃을 피울 것이야
가다가 지나치지 못하는
고운 꽃의 자태를
나와 맞닥뜨려 보는 날

자주달개비를 보았다

자주달개비를 만나니
내 속이 되어 고향을 부른다
나 어릴 적에
푸른 꽃잎 따서 손가락으로 으깨면
잉크빛 물이 들기도 했다
마주친 꽃이 무지 친근해서
가만히 들여다보니
꽃잎 가운데 수술 두 개가
내 까치발처럼 서서
고향을 부르고 있다
도심 골목길에
푸른 눈초리로 피어 있는 자주달개비
아버지의 어깨와
어머니의 입김과
할머니의 굽은 등이 생각나서
한참을 들여다보았다
그리운 것은 그리운 대로
꽃이 되는 모양이다

모질게도 풍문이 된다

어떤 꽃은 차라리 나비떼고
어떤 꽃은 차라리
국도변의 자동차 소리였다
무슨 표현을 하든지 간에
봄이 되면
천지사방에는 꽃의 얼굴들
심상치 않는 낯빛으로
팔을 걷어붙이고 있다
보듬고 보듬어서 더듬이를 내리니
모질게도 풍문이 된다

두물머리 宴歌

금강산에서 자유처럼 흘러온 물이
남한강과 합세를 했다지요
삼십 년 전만 해도
두물머리 마을과 귀실 마을을 잇는
고운 나루터도 있었다지요
일상의 물건들을 실은 배가 뜨면은
사람들의 속내는 푸짐해지고
물살이 거칠어 뗏목을 못 띄우는 날에도
삶의 낭만은 가득했겠지요
그 풍경 또한 시인의 눈에 들어
두물머리는 다시 풍경이 되고
훗날 언약이 되고 있네요
사는 것은 순리여서 강물소리 커지니
우리들의 기쁨과 슬픔이 돛을 달고
두물머리의 사연이 되고 있네요

감꽃 그 맛

풍성한 열매를 위해
떨어져 구르는 아픔을 본다
나무들 사이 햇살이 두 팔 벌리고
넌지시 건네던 나의 말들
귀 기울이면
숲이 되고
무심히 들으면
그저 수런거림이 된다

둥글고 둥근 목마름은
땅 위에 떨어져 구르면서도 맛을 낸다
들키고 싶지 않은 맛
달착지근한 감꽃 그 맛

수박엄마

수박을 많이 좋아하셨던 우리엄마는
무등산 아래 터에서
아버지와 함께 알콩달콩 사시던 우리 엄마는
하늘 가신 아버지가 보고파서
시름시름 앓더니
지금은 아무것도 모르는
엄마가 되셨습니다
수박이 먹고 싶어도 걸을 수 없고
큰딸이 보고파도
만날 수 없는 엄마가 되셨습니다
수박이 뎅그르 구르듯이
몸 상한 엄마가 되셨습니다
나는 오늘도
여름 길을 걷다가
수박밭 이랑을
터덕터덕 걸어가고 있습니다

어린 날의 정사처럼 풋내가 났다

잡았다 놓쳐 버린 풋내 같아서
목마른 샘의 콸콸 물소리 같아서
다 지나가고 텅 빈 골목길에서
감꽃 한 입 주워서 먹었더니
어린 날의 정사처럼 풋내가 났다
만남은 늘 허공에 떠 있다가 떨어지는
감꽃 같은 것이야

포유류에 대한 명상

내가 하염없는 육체로 살고 싶은 건
변명 없는 너의 미간 때문이었어
너의 쾌락과 우둔함이
낮잠 속 꿈같기도 하고
휘날리지 않는 속눈썹의 메타포 같아서
나는 그냥 잠자코 빗속에 서 있기로 했어
살갗이 소리 없이 허물어지는 날의 고독은
인간의 관능이겠지만
어쩔 수 없는 연민의 풍경이기도 했어
터럭 없는 네 살갗 능선에 찍힌 발자국들을
헤아려보는 대낮
너 포유류는
결국 나 내면의 자아였어

하얀 꽃 위에 낮달을 앉히던 날

커피꽃 둘레에 쌓여있는 휴식
그것이 무엇이든지 간에
내 심장은 뛰고 있다
아프게 비치는 내 속 향기 알아보았다는 듯이
꽃향기가 넓은 잎새를 흔들고 있다
풍류의 꽃놀림인 것 같다
정지된 생 위에 얼굴을 묻고 있는
한 얼굴이 스쳐간다
내 팔목 위에 커피알 같은
고동색 물이 든다
내 일생이 늘 서툴렀어도 물소리가 났듯이
커피꽃 향기가 눈물 없는 슬픔 같다
나만의 휘모리 가락이
하얀 꽃 위에 낮달을 앉히던 날

알아서 내려주는 비

살갗의 무게 같은
비가 내린다
십여 분 남겨놓고
내 몸의 두께에
비릿한 물기를 더한다
섬세한 내 눈초리만큼의 기척이
근심으로 다가오지만
너무 비린 것 같아서
슬며시 빠져 나온다
지 잘났다고 까부는 세상을
무시하기로 했다
오늘은 촉촉한 만큼이나
내 보행의 숫자가 더 늘어날 것 같다

내 청춘의 도피행각

스물여섯 내 청춘의 도피행각은
청파동 숙대 기숙사 옆이었다
부모 몰래 한 내 사랑이 쓰리고 아팠지만
세상에 물들고 성장하면서
무릎에 염증 생길 때까지
내 사색은 닳고 닳았으니
아리면서도 달콤하기만 하다
시 쓰고
노래하고
노인들 돌봄하고
하늘에서 복을 줬는지
내 둘레는 늘 환하다

노란 평화

웃고 있어도 수심이 가득한 너는
아무도 가질 수 없는 힘을 가졌다
약주머니 가득한 너의 위장엔
튼실한 희망이 있을 것 같고
허리 굽어 주름 투성이인
돌봄 노인들의 내력처럼
지울 수 없는 뭔가가
내 옷자락을 잡을 때도 있었다
참 노랗고 평화롭다

2019, 내 생일날

나의 거처에 모두 모여
행복을 지저귑니다
작은 숨결들이 모여 살갗이 되면
벽에 걸린
고호의 아몬드나무에서도 향기가 납니다
높은 웃음,
낮은 웃음,
나무의 숨결들 부딪쳐 숲이 되듯이
웃음들 부딪쳐 저녁 해를 넘기고 있습니다
나만의 왕국에서는
이 세상 태어난 날이라고
나팔소리도 나고
행진소리도 납니다
행복은 솟구치지 않아도
콘코네가 됩니다

숲에서 쓰는 詩

오랜만에 숲에 올라가 보니
나무들의 숨소리가 두껍게 나를 반긴다
오래된 낙엽들이 회생하면서
이렇게 숲이 된다
저기 저 나무 사이에
바스락거리는 새의 몸짓은
새벽예불 같다

부식의 윤회들로
면적을 넓히고 있는 낙엽들 사이
나의 외로움도
희망이고 믿음이 된다
서로의 세상은
울타리 없이도 이렇게
서로의 보호막이 되는가 보다

동백꽃세상

신홍리 동백꽃이 꽃을 피우다가
송두리째 떨어져 버린 그 뜻을
나는 알고 있었으니
회갈색 수피에 타원모양의 이파리를 달고
붉은 꽃을 피워댔었다는 것이
너와 나의 교감인 줄만 알았는데
산마루에 앉았다 온 바람이
추운 계절의 사랑을 말해 줘서
나는 동백꽃을 볼 때마다
생목이 오르곤 했다
진실한 사랑은 세월이 가도
오래오래 기억되는 것이어서
이제 너와 나 함께 여위어가면 되겠다

날 저무는 봄날

엄마는 가셨다
온몸 힘 다 빠지셔서
엄마는 가셨다
그 죽음이 믿겨지지 않아서
천지사방으로 고개 돌리고
꺽꺽 울기만 했다
이토록 깊은 슬픔이
세상에 또 어디 있다는 말인가

고운 님 옷소매

눈 꼬옥 감고 누워계시는
엄마의 주검 사이로
남도천리 바람이 휘몰아 불었다
평생의 노역이 눈물 되어
내 가슴에 찬 이야기들을 씻기고 있었다
자식들 가슴 속에 서러운 이별을 남기고
떠난 엄마 고운 옷소매 사이로
사무치는 말들이 울먹이고 있었다
고운 님 옷소매 사이로
별이 뜨고 달이 뜨고 있었다

삶을 관조하는 존재의식, 정념의 시적 미학

— 이희정 제10시집 《해바라기씨》의 시세계

김 재 엽

(문학비평가, 정치학박사, 한국불교문인협회 회장)

1. 들어가면서

시인의 길은 그가 살아가는 시대의 인간적 가치를 꿰뚫어 내는 데 의미가 있을 것이다. 이희정 시인의 시는 일반적인 의미에서 상당수의 시가 육신을 원인으로 하여 정신 속에 야기되는 수동성인 패션(passion/ 정념)에 의하여 쓰여지고 있으며 존재 감각의 실체인 암호는 적절히 감추어져 있음을 느끼게 한다. 데카르트(René Descartes, 1596~1650)는 그의 마지막 저서 《정념론》(Les passions de l'ame, 1649)에서 정념을 이끌어주는 것으로써 놀라움(경이)을 비롯하여 사랑(애정), 미움(증오), 욕망, 비애 등 다섯 가지의 느낌을 들고 있다.

이희정 시인의 경우 그런 정념에 대한 설명은 불필요할 것 같은데, 이를테면 "회디흰 목덜미의 새 한 마리가/ 키드득 키드득 웃으며/ 내 울음 파내고 웃음을 채운다"(표제시 〈해바라기씨〉 중에서)처럼 아픔의 정념 속에 수동적 감정을 능동적 감정으로 환치시킬 수 있는 상상력을 담아냄으로써 미소를 자아내는데 이런 면에서 시가 성공작으로 보아진다. 놀라움을 비롯하여 울음과 웃음이 단지 조건반사가 아닌 자신의 내면세계 속에서 융화되어 자연스럽게 스스로 움직이기 시작하는 데서 표출되는 이희정 시인의 새로운 존재 감각이 매우 뛰어난 시로 승화되는 것이다.

아울러 상반된 감각의 시적 정감을 시인 특유의 현실에 투영시킴으로써 리얼하게 이미지화 시키는 이희정 시인의 시 〈해바라기씨〉의 탁월한 시적 미학에 독자들도 빠져들기를 기대하면서, 윤회로 대변되는 그녀의 구도자적 삶을 관조하며 정념으로 다가오는 존재의식을 조명해 본다.

2. 형이상학적 정념으로 표출되는 존재의식

앞서 언급했듯이 데카르트의 형이상학적 정념은 방법적 회의(懷疑)에서 출발한다. 그 당시 회의주의에 반대했던 데카르트는 모든 지식은 인간 내면에 숨겨져 있으며 연역법으로 이들을 드러낼 수 있다고 믿었다. 그 연역의 기반이 되는 제1공리를 얻어내려고 노력했는데 그 결과 전세계적으로도 유명한 어록인 ʻ나는 생각한다, 고로 존재한다(Cogito, ergo sum)ʼ 라는 근본원리가 《방법서설》에서 확립되고 이 확실성에서 세계에 관한 모든 인식이 도출되었다. 데카르트는 모든 것을 의심하지만 적어도 단 하나의 진실은 있다는 결론에 다다르게 되었는데 내가 보고, 생각하고, 기억하는 모든 것이 거짓일지 몰라도 이것을 생각하는 내가 존재한다는 것은 바로 진실이라는 것이다. 이런 존재의식의 관점에서 이 시집의 표제시 〈해바라기씨〉를 감상해 보자.

해바라기씨를 한 움큼 까먹는다
손톱에서 토도독 토도독 소리가 난다
내 손이 새의 부리가 되는구나
입 속에서 이리저리 터지며
목구멍을 타고 고소하게 넘어가니
내 정강이에서 푸른 꽃대가 올라오고
크고 동그란 꽃이 피는구나
희디흰 목덜미의 새 한 마리가
키드득 키드득 웃으며
내 울음 파내고 웃음을 채운다
해바라기씨가 다시 꽃이 된다
다섯 개의 음표가 해바라기씨 위에 앉는다
곱다
사랑스럽다

– 〈해바라기씨〉 전문

학문에서 확실한 기초를 세우려 하면 조금이라도 불확실한 것은 모두 의심해 보아야 하는데 세계의 모든 존재를 의

심스러운 것으로 치더라도 이러한 생각, 즉 의심을 하는 자신의 존재만큼은 의심할 수 없지 않겠는가. "해바라기씨를 한 움큼 까먹는다/ 손톱에서 토도독 토도독 소리가 난다/ 내 손이 새의 부리가 되는구나/ 입 속에서 이리저리 터지며/ 목구멍을 타고 고소하게 넘어가니/ 내 정강이에서 푸른 꽃대가 올라오고/ 크고 동그란 꽃이 피는" 과정을 잔잔하게 그려내고 있다. 그야말로 해바라기씨가 목구멍을 넘어가면서 정강이에서는 푸른 꽃대가 올라오고 웃음을 가득 채운 커다란 꽃으로 되살아나는 일련의 과정을 표출하였는데 비록 학문이라는 관점과는 다소 거리가 멀게 느껴지긴 하지만 이희정 시인이 추구하는 존재의식은 '곱고 사랑스럽다'는 것을 확고하게 느낄 수 있어 더욱 친밀하게 다가온다.

　더불어 이희정 시인의 존재의식에 곁들인 자화상이라 해도 쉽게 수긍할 수 있는 〈이희정산조〉를 뒤이어 감상해 보자.

　　짐작하건대 태초에는
　　달빛 아래 한량이었을 것이다

　　그 옛날 백제 사람이
　　가야금 뜯고 노래하듯
　　음주 가무도 즐겼을 것이고
　　머물지 않는 구름 탓하며
　　풍류 또한 즐겼을 것이다
　　가끔씩
　　몸에 스미는 그리움 한 올씩 뽑아내며

일생을 누렸을 것이다

지상의 모든 사람들이
사는 것에 길들여지면서
막막한 길 걸어가야 하는데
백제 가야금 8현 대신
스물다섯 개의 목관악기 담보를 누르며
운명으로 살고 있으니
옛날이나 지금이나
육신의 해거름은 곱고 고왔을 것이다

— 〈이희정산조〉 전문

　이희정 시인은 늘 웃음을 잃지 않는 호방한 성격의 소유자
다. 고단한 삶의 여정에서 끊임없이 체감해 온 간난신고를
결코 울음으로 내비치지 않고 항상 웃음으로 승화시킨 그 편
안함의 원천은 무엇인가? 그러니까 적어도 1500년 이전의 백
제, 특히 문화적으로나 예술적으로 황금기를 구가하던 그 시
절의 백제인으로 자신을 투영시킨 부분이 매우 흥미롭다.
　"그 옛날 백제 사람이/ 가야금 뜯고 노래하듯/ 음주 가무
도 즐겼을 것이고/ 머물지 않는 구름 탓하며/ 풍류 또한 즐겼
을 것"이라며, "가끔씩/ 몸에 스미는 그리움 한 올씩 뽑아내
며/ 일생을 누렸을" 한량에다 어쩌면 시 외적으로 색소폰도
불고 다양한 목관악기도 불면서 봉사하는 악단의 일원으로
참여하는 현실 속의 자신을 대비시키고 있는데, 이 시 〈이희
정산조〉는 그녀의 성격만큼이나 풍류 속에 해학을 듬뿍 담

음으로써 그야말로 편안하게 웃으면서 감상하게 만든다. 그러면서 걱정거리 하나 없는 듯한 그녀의 부처님 화상에서 내비치는 삶의 여유와 함께 달관의 경지에 이른 보살의 풍모 또한 읽을 수 있도록 인도한다.

오랫동안 묻어둔 슬픔이
강물이 되는 날이다
깊은 물 속 퇴적층에 눈동자가 생길 때처럼
그 슬픔 생애로 와서
이렇게 풍류로 사는가 보다

내 맘의 퇴적층에는
해발의 숫자로 셈하기 어려운 넓이가 되어
가끔씩 떠밀려온 다른 생을 알아볼 때도 있다
아무래도 내 강물의 퇴적층에
각도가 생긴 모양이다

– 〈나의 퇴적층〉 전문

위 시 〈나의 퇴적층〉은 모두에서 언급했던 데카르트의 정념의 존재의식에서 슬픔을 풍류로 승화시킨 이희정 시인의 대표적인 시라 지칭하고 싶다. 거역할 수 없는 그녀의 인생사에서 수많은 슬픔이 쌓이고 쌓여 "깊은 물 속 퇴적층에 눈동자가 생길 때처럼/ 그 슬픔 생애로 와서/ 이렇게 풍류로" 살게 만든 것일진대 이제 이순의 연치를 넘긴 그녀의 인생사에 쌓이고 쌓인 "퇴적층에는/ 해발의 숫자로 셈하기 어려운 넓이가 되어/ 가끔씩 떠밀려온 다른 생을 알아볼 때도 있다/ 아무래도 내 강물의 퇴적층에/ 각도가 생긴 모양이"라며 한 바탕 거칠게 몰려올 듯한 변혁의 쓰나미를 예고하고 있는 듯 보이지만 그간 살아온 그녀의 삶이 아마도 차분하게 가라앉 힐 듯싶다.

따라서 이희정 시인의 시는 시의 근간이라 할 수 있는 메타포 처리기법에 있어 언어 선택부터 애써 꾸미려 하지 않으면서도 물 흐르듯 자연스럽게 흘러나오는 담백한 표현으로 시대적으로 복잡다단해진 심상을 차분하게 가라앉혀 준다고 강조하면서 무소유의 홀가분함이라 할까? 얻지 못해도 잃어버릴 것 또한 없는 편안함이 더욱 좋아 보인다.

스물여섯 내 청춘의 도피행각은
청파동 숙대 기숙사 옆이었다
부모 몰래 한 내 사랑이 쓰리고 아팠지만
세상에 물들고 성장하면서
무릎에 염증 생길 때까지
내 사색은 닳고 닳았으니
아리면서도 달콤하기만 하다
시 쓰고
노래하고
노인들 돌봄하고
하늘에서 복을 줬는지
내 둘레는 늘 환하다

– 〈내 청춘의 도피행각〉 전문

고뇌 속에서 마침내 새로운 시가 탄생한다고 한다. 고뇌는 철학가에게는 삶의 새로운 방법을 탐구해내는 과정이겠지만 시인에게는 삶의 아픔을 극복하려는 새로운 이미지 창조의 소박한 축제가 된다. 따라서 얼마나 더 많은 고뇌가 선행되었느냐는 것이 그 시인의 시적 생명을 그만큼 오래도록 빛내줄 것이다. 독일의 문호 괴테(Johann Wolfgang von Goethe, 1749~1832)는 "고뇌 없는 인간은 동물이며, 고뇌하는 시인은 만인을 낙원으로 이끄는 천사다"라고 주창했다. 미완의 인간은 끊임없이 완성을 추구하며 최선의 노력을 경주하여야 하고, 시인은 완성을 지향하며 끝까지 고뇌하여야 한다. 이 과정에서 시는 새롭게 탄생하며, 비로소 명시가 되는 것이다.

이희정 시인은 조선대학교 4학년 시절 졸업을 수개월 남겨놓고 사랑을 지키고자 가출하여 무작정 상경을 한다. "스물여섯 내 청춘의 도피행각은/ 청파동 숙대 기숙사 옆이었다/ 부모 몰래 한 내 사랑이 쓰리고 아팠지만/ 세상에 물들고 성장하면서" 생존이라는 크나큰 벽 앞에서 견디기 어려운 간난신고를 끝내 감내하게 된다. 그리고 그 고통의 인생여정에서 담담하게 체화된 기쁨의 정념이 되어 "무릎에 염증 생길 때까지/ 내 사색은 닳고 닳았으니/ 아리면서도 달콤하기만 하다"고 참으로 의미심장하게 표출시킨다.

개성이 강한 시는 시문학적으로도 새로운 개성의 가치를 창출하며, 이상을 자신의 내부로 받아들여 객관적으로 창작하는 초자아의 시세계를 지향한다. 그리고 그 세계에서 최대한의 새로운 공감의 언어를 조탁해내는 능력의 소산으로써 개성 있는 시를 탄생시킨다. 이회정 시인 또한 결코 순탄치 못했던 삶의 여정에서 그렇게 "시 쓰고/ 노래하고/ 노인들 돌봄하"면서 오늘에 이르렀지만 "하늘에서 복을 줬는지/ 내 둘레는 늘 환하다"고 최선의 긍정으로 받아들인다. 참으로 경이로운 인생예찬이다.

3. 삶의 초월적 상상력, 순수서정의 시심

시를 창작하는 일은 시어에다 생명력을 불어 넣는 작업이다. 특히 시인은 메타포를 통한 정신작업의 엔지니어라는 사실을 스스로 다짐하면서 낱말 하나하나에 의미를 부여하며 옥을 갈고 다이아몬드를 깎는 것과 같은 고통 속에서 새로운 이미지 구상화에 심혈을 기울여 시어를 탁마해야 비로소 훌륭한 시인으로 자리한다. 그런데 우리 한국 시단은 시의 우수성을 따지기 전에 수많은 시인들이 매스컴이 선도하는 이른바 유명시인의 그늘에 오랜 동안 짓눌려 묻혀 온 게 사실이다. 이제는 그런 어리석은 관행만큼은 확실하게 타파하고 유능하고 우수한 시인들을 냉철한 시선으로 발굴해내야만 할 것이다.

이회정 시인의 시 또한 삶의 진실을 초월적 상상력으로 관조하며 순수서정의 시심으로 노래하고 있는 것으로 보이는데 무엇보다 이 시인의 시편들은 참으로 순수하게 우리의 문화를 추구하고 있어 매우 아름다운 시적 미학으로 다가온다. 게다가 이회정 시인이 그 소중한 시 인생 내내 꾸준히 천착

해 온 우리의 민족적 정서는 그 자체만으로도 감동의 열쇠가
되어 전적으로 시적 감흥을 불러일으킨다.

아무것 묻지 않아도
시인의 주소에는
오리나무 문패가 딱이다
맘 줄 것 없던 그 언덕에다가
곱디고운 집 한 채 지어놓고
초록빛 벤치 하나 앉혀놓으면
산새도 오고
바람도 다녀갈 것 같아서
언젠가 벼룩시장에서 구한 오리나무 판자에
아버지가 지어주신 이름을 새겨서
기다리고 있다
3번지가 될까?
5번지가 될까?

- 〈시인의 주소에는 오리나무 문패가 딱이다〉 전문

위 시 〈시인의 주소에는 오리나무 문패가 딱이다〉를 대하
려니 '황무지'로 유명한 영국 시인 엘리엇(T. S. Eliot, 1888
~1965)이 생각난다. 그는 시창작의 현장을 작업장으로 비유
하면서 동시에 시비평 방법으로서의 '워크숍 크리티시즘'
(workshop criticism/ 작업장 비평)을 주창했던 장본인인데,
그 워크숍 크리티시즘은 타성적이며 진부하고 고루한 종래
의 낡은 시작(詩作) 행위를 탈피하여 참신하고 새로운 시의

경지를 구축하자는 것이었다. 특히 엘리엇의 신고전주의 문학론의 전개 과정에서 등장한 방법론이기도 하거니와 소재(素材)가 낡았다 하여 작품의 내용이 낡은 것은 아니라는 것을 기조로 삼고 있다. 그러면서 유능한 시인은 기존의 제재(題材)를 가지고 얼마나 새롭게 시를 쓰느냐 하는 것으로 그 시인의 능력을 평가할 수 있다는 것에 포인트를 맞추고 있다. 우리에게도 '온고지신'이라는 훌륭한 가르침이 있거니와 시인이 다루는 소재가 옛날 것이라는 데에 결코 문제가 있는 것이 아니다. 옛날 것들을 가지고 얼마나 새로운 것을 창출해 내느냐는 데서 그 시인의 뛰어난 표현력과 역량이 평가되기 마련이다.

이런 점에서 이희정 시인의 시 〈시인의 주소에는 오리나무 문패가 딱이다〉야말로 오늘의 우리가 추구하는 새로운 서정의 시세계에 꿋꿋이 자리하고 있어 마음이 놓인다. 그야말로 무념무상의 경지에서 모든 욕심을 내려놓고 "언젠가 벼룩시장에서 구한 오리나무 판자에/ 아버지가 지어주신 이름을 새겨서/ 기다리고 있"으면 될 것이기 때문이다.

    별은
    지상에서도
    고운 광채를 내고 있더라
    오래 된 나의 고요가
    커다란 나무에 기대어 울 때처럼
    이파리들 흔들리는 이파리소리가 나고
    서역기행에서 만난

말발굽소리도 나더라
내가 바라보는 별들은
곱고 고와서
후미진 구석에서도 뜨고 지더라
언젠가 서역기행에서 만난 별 하나도
지상의 소리들 속에서
높고도 낮게 붐비고 있더라

　　　　　　　- 〈구석에서도 별이 뜨고 지더라〉 전문

　위 시 〈구석에서도 별이 뜨고 지더라〉는 늦은 저녁에 별이 "고운 광채를 내고 있"을 때 길을 걷다가 만난 나무 한 그루, 그리고 오랜 동안 가슴 깊이 담아두어 고요하기만한 그 순간에 시인 자신에게로 다가오는 것들에게서 "이파리소리가 나고/ 서역기행에서 만난/ 말발굽소리도" 들으면서 네팔을 여행하던 그 때를 되돌아보는 시인의 심정을 잔잔하게 묘사하고 있다. 여기서 주목되는 키워드는 '후미진 구석에서도 뜨고 지는 별'이다. 그리고 '고운 광채'와 '지상의 소리'이다. 이들의 유기적인 구조가 만들어 내는 시의 정서는 자연과의 화해 혹은 자연과의 화합이라는 차원의 것이 아니라 그것을 통해 느끼게 되는 시인의 마음일 것이다. 그것은 체념일 수도 있고 마음 내려놓기 즉 하심(下心)일 수도 있다. 이런 정서가 이희정 시인이 함유하려는 귀한 정신일 테고, "지상의 소리들 속에서/ 높고도 낮게 붐비고 있"는 별의 영혼일 것이다.

　하여간에 봄은

수많은 연두색 귀를 달고
나와 상호불가분의 관계가 된다
되풀이되는 내 노동의 일상들을 보며
저기 고비사막 마른 벌판에서
평생을 걷고 있는 낙타를 생각하며
나는 스스로
낙타의 우물이 되기로 했다

– 〈낙타의 우물〉 전문

위 시 〈낙타의 우물〉은 "평생을 걷고 있는 낙타를 생각하며" 쓴 시이다. 그것도 "저기 고비사막 마른 벌판에서" 등짐 지고 거친 숨을 몰아쉬며 하염없이 걷고 있는 낙타를 그리면서 쓴 시이다. 이 시가 표상하는 것은 새봄이 되었어도 노동의 현장에 머무르고 있는 시인의 일상이겠지만 조금 확대해 보면 우리 모두의 삶을 담고 있다. 시인은 사막을 걸어가는 낙타로 자신을 환치시키는데 이 시의 배경은 단순히 봄의 사막이 아니다. 시간적 배경은 아직도 겨울이고, 공간적으로는 시의 제목인 '낙타의 우물'인 것이다.

바로 낙타의 쌍봉 속에 자리한 물주머니가 그 공간적 배경인 셈이다. 계절은 바뀌어 "수많은 연두색 귀를 달고" 봄이 되었지만 그곳에서 시인은 노동의 일상에 묶여 있는 한 사람을 미학적 상상력으로 확대시키고, 그의 삶을 초월적 상상력으로 감싸 안는다. 시간적으로는 겨울에서 봄으로, 공간적으로는 노동현장에서 사막으로, 다시 마른 벌판에서 우물로, 고비사막과 우리나라의 공간을 상상력을 동원하여 자유자

재로 넘나든다. 그리고 그 상상력을 통해 살생 없이 갈증을
해결하는 '낙타의 우물' 속에 자신의 삶을 투영시키고 있다.

지극히 사실적인 묘사들이
PC에 돌아다닌다
삶의 허당을 위해
따스한 이모티콘 하나 보내주고 싶다
부재의 목마름으로 흐느끼고 있는 이의 침상에도
소식 같은 이모티콘 하나 띄워주고 싶은 날

나만의 이모티콘을 띄우고 싶다
지구의 기울기가 23.5도라고 배우던
어린 시절에게도
예쁘고 발랄한 이모티콘 하나 띄우고 싶다

– 〈이모티콘의 미학〉 전문

　시적 다양성의 추구라는 의미에서 오늘의 시인들이 관심
을 갖고 접근하는 포스트 모더니즘적인 시의 특징은 세련된
감각적 표현이라고 하겠다. 그런 견지에서 위 시 〈이모티콘
의 미학〉은 순수서정의 미학에 덧붙여 깔끔한 이미지의 포
스트 모던한 메타포 작업을 적확하게 보여주고 있다고 여겨
진다. 특히 시인은 새로운 노래로서의 서정시를 창작하는 자
랑스러운 작업인이라는 사실을 실감하게 되는데, 시는 언어
를 가지고 억지로 만들어내는 조작품이 아니라 인스피레이
션(inspiration/ 靈感)의 소산으로서 정교하게 탁마해내는 빛

나는 정신적 산물인 것이다.

　우선 〈이모티콘의 미학〉은 보이는 바 그대로 시 전편을 부드러운 연상적 수법으로 조화시켜 시의 표현미를 감동적으로 그려내고 있다. 그리고 이희정 시인은 감각적으로 세련된 섬세한 시어와 자연과 우주에 이르는 온갖 사물을 적합한 퍼스니피케이션(personification)의 의인화 수법으로써 한국인의 순수한 삶의 정서와 자연을 밀도 짙은 상념으로 조명하면서 새로운 이미지로 형상화하고 있다. "부재의 목마름으로 흐느끼고 있는 이의 침상에도/ 소식 같은 이모티콘 하나 띄워주고 싶은 날// 나만의 이모티콘을 띄우고 싶다/ 지구의 기울기가 23.5도라고 배우던/ 어린 시절에게도/ 예쁘고 발랄한 이모티콘 하나 띄우고 싶다"는 시인은 테크니컬한 기교적 묘사는 하지 않는 것 같으면서도 내면성의 자연스러운 레토릭(rhetoric/ 수사)으로써 지성미 번뜩이는 심도 높은 표현 수법으로 삶의 가치를 더욱 높이고 있다.

　　지금은 만신창이로 누워계신 엄마가
　　몇 년 전 봄에
　　나와 함께 무등산 산자락을 오르면서
　　곱게 피어 있는 진달래꽃을 보고
　　"엄마, 진달래꽃 예쁘제" 했더니
　　"개꽃이여, 개꽃" 하시던 말
　　봄이면 늘 속이 에인다
　　해마다 진달래는 피어쌌는데
　　쇠침대에 누워계신 엄마가 생각나면

내 가슴에도 울컥울컥 개꽃이 핀다
희로애락의 얼굴빛 어딘가에 걸어두고
밤마다 꿈길로만 오는 엄마
오늘같이 진달래가 피는 날은
엄마가 무지무지 보고 싶다
- 〈엄마의 개꽃〉 전문

〈엄마의 개꽃〉은 식물적인 시다. 식물이기 때문에 '식물적'이라고 한 것이 아니고 또, 동물적인 생명력과 역동성을 보여주는 것도 아닌 그 생명성을 움직임 없이 조용하게, 흔들리지 않고 안으로 역동성을 발휘하여 보여주기 때문에 식물적이라는 말을 차용했다. '지금은 만신창이로 누워계신 엄마'는 홀로 무소의 뿔처럼 우뚝 서가는 나무가 아니라, '더불어' 혹은 '동행'을 최고의 미덕으로 생각하는 진달래꽃 나무다. 그리고 도란도란 이야기 나누며 입가에 올리는 향기 어울리는 숲길에서 지속적으로 엄마를 떠올리고 싶다고 시인은 염원한다. 그런데 문제가 되고 있는 부분은 "희로애락의 얼굴빛 어딘가에 걸어두고/ 밤마다 꿈길로만 오는 엄마"라는 시행이다.

최근(2022.04.12.)에 이희정 시인의 엄마는 이승을 하직하셨다. 그래서일까? 감정의 원형에서 "오늘같이 진달래가 피는 날은/ 엄마가 무지무지 보고 싶다"고 되뇐다. 이승에서 저승 사이에는 강이 흐르는 것을 우리는 인식하고 있다. 그것이 토속적이고 샤머니즘적이라 해도 우리의 원형질 속에서 강이 흐른다. 그래서 그 강을 건너야만 저쪽 세상으로 갈

수 있다. 그리고 그 강을 건너기 위해서는 배로 가야 한다고 인식하고 있지만 이희정 시인은 "밤마다 꿈길로만 오는 엄마"를 보면서 그래도 꼭 잡아두려고 한다. 이렇듯 이희정 시인은 진달래, 아니 엄마의 개꽃을 매개로 이승과 저승이라는 공간을 선험적 상상력으로 넘나든다. 바로 〈엄마의 개꽃〉에서 '개꽃'은 인간의 본성 탐색을 통해 '인간애'가 무엇인가를 깊이 사유하게 만드는 매개체인 것이다.

4. 나오면서

보들레르(Charles Pierre Baudelaire, 1821~1867)는 댄디즘(dandyism)을 정신주의 혹은 극기주의에 맞닿아 있는 것으로 보았다. 그리고 그것을 종교로 여겼으며 자아를 초극하는 의지의 미학으로 보았다. 종교적으로는 불교적 인식과 맞닿아 있는 과시적 인식의 결과로 보았으며 위로 오르려는 자아의 극복의지로 해서 초월자 앞에 제물이 되기를 갈구하는 희생정신으로 간주하였다.

이희정 시인은 제10시집《해바라기씨》의 '시인의 말'에서 이렇게 토로한다. "엄마가 보고파서 울 때마다/ 나의 시들이 덥혀지는 것을 느낀다"고. 그러면서 "엄마 생전에 바쳐야 할 나의 10시집이 수미단 위에 올려진다." 그리고 "이제 휴식을 얻은 것 같다"며 회한에 젖은 지혜의 말을 하고 있다. 여기에서 시인이 개진한 키워드로서의 '이제 휴식을 얻은 것 같다'는 보들레르의 댄디즘의 자아 극복 의지와 극기하는 정신주의에 뿌리를 두고 있는 것은 아닐까?

아무튼 이희정 시인의 시에서는 미래를 창조적으로 투시하는 비스타스(vistas)의 시작법을 과감하게 제시하고 있음도 엿볼 수 있다. 그런 견지에서 신선하고 진취적인 시적 이미지를 부각시켜 희망찬 한국현대시의 미래상을 눈부시게 제시하고 있는 이희정 시인을 새롭게 평가하지 않을 수 없다. 참다운 의미가 담겨진 시언어의 구사 능력은 두 말할 것 없이 그 시인의 탁월한 상상력과 잠재된 내실을 확연하게 입증해 주기 마련인데 이희정 시인이 10권의 시집을 상재해 온 배경에는 오랜 시간을 두고 시인이 끊임없이 탁마한 시문학 수업이 점철되어 마침내 오늘의 성과를 도출해내고 있는 것이다.

여기서 문득 불교 초기경전 『숫타니파타』에 오롯이 담겨 있는 '집착이 없으면 근심도 없다'는 부처님의 말씀이 뼛속 깊이 아려온다. "자녀를 가진 사람은 자녀를 보고 기뻐하고 소를 가진 사람은 소를 보고 기뻐한다. 물질적인 집착이야말로 인간의 기쁨이 아닐 수 없다. 그러나 자녀를 가진 사람은 자녀 때문에 걱정하고 소를 가진 사람은 소 때문에 걱정한다. 인간의 근심 걱정은 집착하는 마음에서 비롯되나니 집착이 없는 사람에게는 근심도 걱정도 없다"는데, 이제 며칠 후인 5월 30일이면 지난 4월 12일에 별세하신 이희정 시인의 모친(백순자 여사)께서 이승에서 머무르는 마지막 재일인 49재일이 된다. 그 마지막 날에 이 시집을 영전에 바치고 싶어 한 이희정 시인의 소망이 이루어질 듯싶어 필자로서도 마음이 후련해진다.

해바라기씨

·

지은이 / 이희정
발행인 / 김영란
발행처 / **한누리미디어**
디자인 / 지선숙

·

08303, 서울시 구로구 구로중앙로18길 40, 2층(구로동)
전화 / (02)379-4514, 379-4519
Fax / (02)379-4516
E-mail/hannury2003@hanmail.net

·

신고번호 / 제 25100-2016-000025호
신고연월일 / 2016. 4. 11
등록일 / 1993. 11. 4

·

초판발행일 / 2022년 5월 30일

·

·

값 **10,000원**

·

ISBN 978-89-7969-851-0 03810